행복한 세상을 꿈꾸는

_____ 님께

촛불의 노래를 들어라

행복한 세상을 꿈꾸는 사람들이 전하는 잠언집

촛불의
노래를
들어라

이해인·이문재·함성호 외

마음의숲

저렇게 작은 촛불이 어쩌면 이렇게 멀리까지 비쳐 올까!
험악한 세상에선 내가 켠 촛불도 저렇게 착하게 빛날 거야.
_ 윌리엄 셰익스피어

목 차

1장 | 나의 마음을 밝히다

이해인 · 촛불 켜는 아침 15

이문재 · 촛불의 노래를 들어라 17

권대웅 · 연금술사 20

프리다 칼로 · 존재 과정 22

올리버 골드스미스 · 희망이란 23

레프 톨스토이 · 살면서 죽음을 기억하라 24

탈무드 · 촛불 26

프란츠 카프카 · 절망하지 마라 27

마틴 루터킹 · 빛과 사랑 28

함형수 · 마음의 촛불 29

콜레트 · 희망의 비용 31

심훈 · 그날이 오면 32

알렉산드르 푸시킨 · 삶이 그대를 속일지라도 34

아리스토텔레스 · 행동의 중요성 35

정지용 · 별 37

에픽테토스 · 시간이란 38

사라 윌리엄스 · 늙은 천문학자가 그의 제자에게 39

마더 테레사 · 작은 촛불을 켜세요 40

조수에 카르두치 · 전쟁 41

2장 | 당신의 희망을 밝히다

이재훈·악행극 45

함성호·부정굿 47

라이너 마리아 릴케·내 눈이 빛을 잃을지라도 50

파트리크 쥐스킨트·극복하라 51

헨리 워즈워스 롱펠로·비 오는 날 52

빈센트 반 고흐·언젠가는 54

제라드 홉킨스·봄 56

윌리 아모스·시도하라 57

제임스 볼드윈·똑바로 보라 58

자크 프레베르·고엽 59

존 스튜어트 밀·신념의 힘 61

김소월·꽃촛불 켜는 밤 62

하일레 셀라시에·우리가 해야 할 일 63

오스카 와일드·꿈에 다가가는 법 64

귀스타브 플로베르·마음 저 밑바닥에서 65

크리스티나 로세티·살아있는 모든 것은 소중하다 66

존 아가드·꾹 누르고 싶다 67

루스 E. 렌컬·그림자 가까이에는 68

파스테르나크·겨울밤 69

앙드레 지드·가벼운 상처 72

제임스 조이스·나를 지키는 방법 73

마하마트 간디·승리는 어디에서 오는가 74

나폴레옹·희망 75

3장 | 우리의 용기를 밝히다

박지웅 · 불새가 날았다 79

신혜정 · 낮은 자의 경전 81

더글라스 제럴드 · 행복이란 83

토머스 카아라일 · 푸르른 새날 84

김영랑 · 모란이 피기까지는 86

윤동주 · 반딧불 87

오디세우스 엘리티스 · 홀로 88

존 웨슬리 · 할 수 있는 한 89

펄벅 · 우리의 땅 90

손톤 와일더 · 사랑에 대해 91

박인환 · 목마와 숙녀 92

윌리엄 버틀러 예이츠 · 하늘의 천 95

아인슈타인 · 삶의 방법 96

알베르 카뮈 · 나의 확신 97

마크 트웨인 · 삶을 항해하라 98

벤저민 스바냐 · 아름다운 소망 99

알렉상드르 뒤마 · 기다림과 희망 102

에밀 졸라 · 진실은 전진한다 103

샤를 보들레르 · 깊은 심연 속에서 104

이디스 워튼 · 빛을 퍼뜨리는 방법 106

헬렌 켈러 · 촛불은 꺼지지 않는다 107

4장 | 시대의 어둠을 밝히다

김선재·이상한 계절 111

이혜미·금족령 114

에밀리 디킨슨·희망은 한 마리 새 115

로맹 롤랑·사람이 살아가는 이유 117

가브리엘라 미스트랄·오늘 119

어니스트 헤밍웨이·우리는 지금 어디에 있는가 120

쉴리 프리돔·금 간 꽃병 121

프리드리히 막스 뮐러·사랑의 방법 123

사뮈엘 베케트·실패하라 124

폴 발레리·뚜렷한 불꽃이 125

랭글·사랑의 중요성 127

F. 스콧 피츠제럴드·앞으로 나아가는 법 128

쉴라 페머니카·세상의 모든 빛깔들 129

괴테·평화는 쉽게 오지 않는다 131

에디슨·실패자들이 보지 못하는 것 132

이상·날아보자 133

조지 고든 바이런·다시는 방황하지 않으리 134

부처·한 자루의 촛불 135

로든 바이런·당신은 울고 있었다 136

알버트 슈바이처·내면의 빛 138

캐서린 맨스필드·희망 139

5장 | 세상의 빛을 밝히다

이문재 · 촛불은 우는 것이다 143

문태준 · 물고기가 달을 읽는 소리를 듣다 148

노천명 · 별을 쳐다보며 149

루미 · 부디 잠들지 말라 150

폴 엘뤼아르 · 자유여 151

존 던 · 누구를 위하여 종은 울리나 159

카잔차키스 · 인생을 제대로 보는 법 161

토마스 아퀴나스 · 밝히는 빛 162

로버트 프로스트 · 눈 오는 저녁 숲가에서 163

샬럿 브론테 · 타인을 이해하는 법 165

에이브러햄 링컨 · 반드시 행복은 온다 166

F. 횔더린 · 민중의 소리 167

라우라 에스키벨 · 누구나 성냥갑 하나씩을 가지고 태어난다 168

키에르 케고르 · 신이 내게 소원을 묻는다면 169

이육사 · 한 개의 별을 노래하자 170

세라 티즈데일 · 지혜 173

버지니아 울프 · 어른으로 가는 길 174

후안 라몬 히메네스 · 구원의 길 177

빅토르 위고 · 최고의 행복 178

존 키츠 · 빛나는 별이려 179

키케로 · 희망은 있다 181

라빈드라나드 타고르 · 한국인에게 바치는 편지 183

1장

나의 마음을 밝히다

촛불 켜는 아침

밭은기침 콜록이며

겨울을 앓고 있는 너를 위해

하얀 팔목의 나무처럼

나도 일어섰다

대신 울어줄 수 없는

이웃의 낯선 슬픔까지도

일제히 불러 모아

나를 흔들어 깨우던

저 바람소리

새로이 태어나는 아침마다

나는 왜 이리 목이 아픈가

살아 갈수록 나의 기도는

왜 이리 무력한가

사랑할 시간마저
내 탓으로 잃어버린
어제의 어둠을 울며
하늘 위에 촛불 켜는 아침

너를 위한 나의 매일은
근심 중에서도
신년 축제의 노래와 같기를

이해인 시인(수녀), 《이해인 시전집1》중에서

촛불의 노래를 들어라

그러고 보니, 사람에게는 자기 머리가 심지였다
사람들은 제 머리에 불을 붙이는 대신
초의 심지에 불을 붙였다
그리고 촛불을 종이컵에 담았다

1
불이 눕는다
비를 몰아오는 동풍에 나부껴
불은 눕고
드디어 울었다
날이 흐려서 더 울다가
다시 누웠다

불이 눕는다

바람보다도 더 빨리 눕는다
바람보다도 더 빨리 울고
바람보다도 먼저 일어난다

날이 흐리고 풀이 눕는다
발목까지 눕는다
바람보다 늦게 누워도
바람보다 먼저 일어나고
바람보다 늦게 울어도
바람보다 먼저 웃는다
날이 흐리고 풀이 눕는다

2
우리가 불이 되어 만난다면
젖은 어느 집에선들 좋아하지 않으랴
우리가 키 큰 나무와 함께 서서
화르르 화르르 불타오르는 소리로 흐른다면

타닥 타다닥 타올라서 저물녘엔

저 혼자 깊어가는 어둠 한 가운데서

죽은 나무뿌리를 태우기라도 한다면

그러나 지금 우리는

물로 만나려 한다

벌써 물줄기가 된 물방울 하나가

물바다가 된 세상을 쓰다듬고 있나니

만리 밖에서 기다리는 그대여

저 물 지난 뒤에

타오르는 불로 만나자

똑 똑 똑 똑 물 잠기는 소리로 말하면서

올 때는 인적 그친

넓고 깨끗한 하늘로 오라

이문재 시인

연금술사

누군가 허공에 불을 피우고 있다
한 움큼의 바람과 햇빛을 두드려
이색의 비밀을 열고 있다
욕망은 육체에 깃들고
영혼은 숨결에 스미는 것
사랑하는 두 사람이 꼭 껴안고 타오르고 있다
저 심장에 불을 넣은 자여
한 방울의 눈물과 머리카락을 섞어
피워낸 불이 지구를 돌린다
타닥타닥 타오르는 뜨거운 불꽃이
훅 나무 속으로 들어가
꽃과 붉은 열매를 피운다
불 속에서 아침이 오고
불의 가슴을 지닌 새만이 운다

세월은 흐르는 것이 아니라 타오르는 날들

저녁하늘로 불씨 같은 노을이 모여들고 있다

긴 밤을 태우기 위하여

구름에 불을 붙이는 자여

태양 아래 미사를 드리는 모닥불과

불의 눈동자여 타오르라

뜨거운 꽃들만이 핀다

사랑하는 것만이 살아있는 것이다

권대웅 시인

존재 과정

고통, 기쁨, 죽음은 존재를 위한 과정이다.
이 과정의 혁명적 투쟁이야 말로
지성을 향해 열린 문이다.

프리다 칼로

희망이란

희망은 밝고 환한 양초 불빛처럼
우리 인생의 길을 장식하고 용기를 준다.
깊은 밤 어둠이 짙을수록 그 빛은 더욱 밝다.

올리버 골드스미스

살면서 죽음을 기억하라

타오르는 촛불이 초를 녹이듯
우리 영혼의 삶은 육체를 쓰러지게 한다
육체가 영혼의 불꽃에
완전히 타버리면 죽음이 찾아온다

삶이 선하다면 죽음 역시 선하다
죽음이 없다면 삶도 없다

죽음은 우리와 세상, 우리와 시간 사이의
연결을 끊어놓는다
죽음 앞에서
미래에 대한 질문은 의미가 없다

조만간 우리 모두에게

죽음이 찾아오리라는 사실은 누구나 알고 있다

잠잘 준비, 겨울 날 준비는 하면서

죽을 준비를 하지 않는 까닭은 무엇인가

올바로 살지 못하며

삶의 질서를 깨뜨린 사람만이

죽음을 두려워한다

죽음에 대해 너무 많이 생각할 필요는 없다

살면서 죽음을 기억하면 된다

그러면 삶은 진지하고 즐거우리라

레프 톨스토이

촛불

한 자루 촛불로 여러 자루의 초에 불을 붙여도
애초의 촛불 빛은 꺼지지 않는다.

《탈무드》 중에서

절망하지 마라

절망하지 마라.

비록 그대의 모든 상황이

절망할 수밖에 없다 하더라도

절망하지 마라.

이미 일이 다 끝난 듯싶어도

결국은 또다시 새로운 힘이 생기기 마련이다.

프란츠 카프카

빛과 사랑

어둠으로는 어둠을 몰아낼 수 없다.
오직 빛만이 어둠을 밝힐 수 있다.
미움으로는 미움을 몰아낼 수 없다.
오직 사랑만이 미움을 씻어낼 수 있다.

마틴 루터킹

마음의 촛불

밤이 되면 밤마다

나의 마음속에 켜지는 조그만 촛불이 있습니다

어둠 속에서 꺼질 듯 꺼질 듯

나의 외로운 영혼을 받쳐주는

희미한 불빛

그는 나에게 한없이 깊은 묵상을 가져오고,

한없이 먼 나그네 길을 가르칩니다

그리고 고요히 하늘가 그 어데

성스런 곳에까지 나를 인도합니다

아 밤이 되어야 눈뜨는

가련한 이 내 몸이여

그리고 어둠 속에서 날 인도하는

외로운 촛불이여

드디어 밝은 새벽이 찾아올 때

나는 이 촛불을 끄고

나의 두 눈을 감아야 합니다

눈부신 아침 태양을

그리고 복잡한 아침거리를 보지 않기 위하여

아 여명을 무서워 떠는

새까만 이 내 눈동자여

함형수

희망의 비용

희망은 비용이 전혀 들지 않는다.

콜레트

그날이 오면

그날이 오면 그날이 오면은
삼각산이 일어나 더덩실 춤이라도 추고
한강 물이 뒤집혀 용솟음 칠 그 날이

이 목숨이 끊기기 전에 와 주기만 할 양이면
나는 밤하늘에 나는 까마귀와 같이
종로의 인경(人定)을 머리로 들이받아 울리오리다
두개골은 깨어져 산산조각이 나도
기뻐서 죽사오매 오히려 무슨 한이 남으오리까
그날이 와서 오오 그날이 와서
육조(六曹) 앞 넓은 길을 울며 뛰며 뒹굴어도
그래도 넘치는 기쁨에 가슴이 미어질 듯하거든
드는 칼로 이 몸의 가죽이라도 벗겨서
커다란 북을 만들어 들쳐 매고는

여러분의 행렬에 앞장을 서오리다

우렁찬 그 소리를 한 번이라도 듣기만 하면

그 자리에 거꾸러져도 눈을 감겠소이다

심훈

삶이 그대를 속일지라도

삶이 그대를 속일지라도
슬퍼하거나 노하지 말라
슬픔의 날을 참고 견디면
기쁨의 날이 찾아오리니
현재는 언제나 슬픈 것
마음은 미래에 사는 것
모든 것은 순간적인 것이고 지나가는 것이니
지난 것은 항상 그리워진다

알렉산드르 푸시킨

행동의 중요성

인간은 끊임없이 행동함으로써
특정한 자질을 습득한다.
올바른 행동을 하면 올바른 사람이,
절도 있는 행동을 하면 절도 있는 사람이,
용감한 행동을 하면 용감한 사람이 된다.

아리스토텔레스

별

누워서 보는 별 하나는
진정 멀구나

아스름 다치랴는 눈초리와
금실로 이은 듯 가깝기도 하고

잠 살포시 깨인 한밤엔
창유리에 불어서 엿보노나

불현 듯, 소사나 듯,
불리울 듯, 맞어드릴 듯,

문득, 영혼 안에 외로운 불이
바람처럼 이 회한에 피어오른다

흰 자리옷 채로 일어나

가슴 우에 손을 여미다

정지용

시간이란

위대한 것은 결코 어느 날 갑자기 이루어지지 않는다.

에픽테토스

늙은 천문학자가 그의 제자에게

비록 내 영혼이 어둠 속에 있어도,
결국 환한 빛 속에서 다시 떠오를 것이다.
별을 너무 사랑하므로 밤을 두려워하지 않는다.

사라 윌리엄스

작은 촛불을 켜세요

세상이 어둡다고 절망하지 말고,
당신이 먼저 작은 촛불을 켜보세요.
램프의 불빛을 계속 타오르게 하려면
우리는 램프에 기름을 계속 넣어주어야 합니다.
마찬가지로 우리가 사랑의 메시지를 듣길 바란다면,
끊임없이 사랑의 메시지를 보내야 합니다.

마더 테레사

전쟁

위대한 바다를 건너라
컴컴해도 미래를 향한 파도를 타고
검술과 방패로 무장하여
스페인 제국의 지역들로

치명적이지만 숭고한 정신이여
사막을 건너는 바다를 항해하라
신이 우리와 함께 할 것이다
미래는 환상이 아니다

조수에 카르두치

2장

당신의 희망을 밝히다

악행극

한 줄의 글도 적지 못했습니다. 그것으로 미안함과 비겁함을 속죄받을 것 같아서. 혹시 나 스스로를 용서할 것만 같아서. 당신은 물었습니다. 가슴에 촛불을 켜고 저 이글거리는 광장에 나가지 않았느냐고.

언제나 고개만 숙였습니다. 변명은 늘 부끄러우니까요. 아프면 그냥 아파야 합니다. 견딜 수 없어도 견뎌야 한다죠. 게으름을 좋아하는 저는, 참는 것이 제일 쉬운 저는, 겨우겨우 살아갑니다. 다만 구걸하지 않았으면 좋겠습니다. 꽃이라는 말, 약속이라는 말을 참 좋아했던 때가 떠오릅니다.

당신에게 가는 길목엔 늘 햇살이 있었습니다. 씹지 못할 만큼 입속 가득 껌을 넣었습니다. 가난한 부요입니다. 높이 올라가라고 하고, 좀 독해지라고 합니다.

제겐 침묵이 필요합니다. 제 자신을 용서할 것 같아 두렵습니다. 드라마를 보며 자꾸만 훌쩍이게 됩니다. 이제 곱은 손으로는 쓰지 않을 겁니다. 아픈 마음자리에 꽃망울이 머리를 내미네요. 노랗고 환하게 번지는 날입니다.

이재훈 시인

부정굿

국가가 나의 길을 막는다
돌아가라 한다
국가가 나를 배신했다
국가가 나를 죽이고
강과 바다와 산을
거대한 죽음으로 만들었다

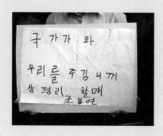

국가와 싸우는 인류가 필요하다
국가에게 나는 없는 사람이다
앞에 있어도 보지 못하고 구제역에 걸린 가축처럼 죽음의
구덩이로 나를 생매장한다 국가는 오직 부정한 기업을 위

해 봉사할 뿐이다 천민자본주의여, 너는 민주주의와 나란
히 서있지 못하리라
푸른 바닷가 곳곳에 늘어선
원전의 하얀 무덤들
피폭의 세기다
폐허의 시대다
하루아침에 융단 폭격당한 듯
사라지는 오랜 삶의 터전들
차가운 바다 밑에서
뜨거운 불속에서
영정(靈丁)아, 영실(靈室)아
일곱 개의 산을 넘어
일곱 개의 바다를 건너
남섬부주(南贍部洲) 억울한 영혼들이
어떻게 해도 그치지 않는 통곡으로
외려 황폐를 메우고 있는
그러나 그 분노로 인해
영원히 멈추지 않을 우리의 사랑

우리는 그 모든 죽음의 목격자이고

그 죽음에 대해 증언할 한사람들

우리는 이 사랑을 멈추지 않을 것이다

영정(靈丁)아, 영실(靈室)아

영정부정님네, 영실부정님네

세월호부정

송전탑부정

철거민부정

비정규직부정

신칼의 춤으로 만부정을 씻어내고

우리는 우리의 사랑을 멈출 수는 없어

입으로 지어낸 부정

귀로 들은 부정

눈으로 본 부정

모든 부정의 뿌리

국가와 싸울 것이다

함성호 시인

내 눈이 빛을 잃을지라도

내 눈이 빛을 잃어도

나는 당신을 볼 수 있습니다

내 귀를 막아도

나는 당신의 말을 들을 수 있습니다

두 다리가 없어도

나는 당신에게 갈 수 있습니다

입술이 없어도

나는 당신을 부를 수 있습니다

팔이 꺾여도

나는 당신을 가슴으로 끌어안을 수 있습니다

심장이 멎어도 뇌가 뛸 것입니다

당신이 뇌 속에 불을 던지신다면

내 핏속에서 당신을 흐르게 할 것입니다

라이너 마리아 릴케

극복하라

신은 우리에게 좋은 시절도 주시고
어려운 시절도 주신다
그렇지만 신은 기대한다
우리가 어려운 시절이라 하여
비탄에 젖어 탄식만 할 것이 아니라
스스로 그것을 극복하기를

파트리크 쥐스킨트

비 오는 날

날은 춥고 쓸쓸한데
비 내리고 바람 그칠 줄 모른다
담쟁이덩굴은 무너져가는 담벼락에
아직도 매달린 채

바람이 세게 불 때마다 잎이 떨어지고
날은 어둡고 쓸쓸하기만 하다

내 인생도 춥고 어둡고 쓸쓸한데
비 내리고 바람 그칠 줄 모른다
무너져 가는 과거에 아직도 매달린 생각들
젊은 시절의 갈망들이 바람에 우수수 떨어지고
날은 어둡고 쓸쓸하기만 하다

진정하라, 슬픈 가슴이여! 투덜거리지 말라

구름 뒤엔 태양이 빛나고 있으니

너의 운명도 모든 사람의 운명과 다름없고

어느 삶에든 얼마만큼 비는 내리는 법

어는 정도는 어둡고 쓸쓸한 날들이 있는 법

헨리 워즈워스 롱펠로

언젠가는

가장 어두운 밤도 언젠가는 끝나고 해는 반드시 떠오른다.

빈센트 반 고흐

봄

봄만큼 아름다운 것은 없다
이름 없는 풀은 푸릇푸릇 아름답고 무성히 자라고
티티새의 알은 낮은 하늘처럼 보이고
티티새 자신은 메아리치는 숲을 노래로 울린다
그 소리를 듣고 있노라면 벼락을 맞은 듯하고
윤기 도는 배나무 잎사귀와 꽃잎들이 스친다
하늘의 푸르름이 비쳐 푸른색이 넘실거린다
뛰노는 어린 양들은 깡충거린다
이 생기 넘치는 활력과 기쁨은 무엇이던가
에덴 동산에서 비롯된 대지의 감미로운 흐름이니
그것을 차지하여라, 소유하여라, 그것이 죄 때문에
싫어지고 흐려지고 더러워지기 전에, 주 그리스도여
소년 소녀가 지닌 바 티 없는 마음과 5월의 날을
동정녀의 아들이여

당신이 선택하시고
그 무엇보다도 값어치 있는 것을 가지게 하라

제라드 홉킨스

시도하라

얼마나 많은 사람이
그것을 해낼 수 없다고 말했는가는
중요하지 않다.
그리고 얼마나 많은 사람들이
전에 그것을 시도해보았는지도 중요하지 않다.
진정 중요한 것은 무슨 일을 하든지
자신이 최초로 시도하는 사람이라는 것을 깨닫는 것이다.

윌리 아모스

똑바로 보라

똑바로 본다고 해서 모든 것이 변하는 것은 아니다.
그러나 똑바로 보지 않는다면 아무것도 바뀌지 않는다.

제임스 볼드윈

고엽

기억하라 함께 지낸 행복스런 나날을

그때 태양은 훨씬 더 뜨거웠고

인생은 훨씬 더 아름다웠다

마른 잎을 갈퀴로 긁어모으고 있다

나는 그 나날들을 잊을 수 없어

마른 잎을 갈퀴로 긁어모으고 있다

모든 추억과 모든 뉘우침도

북풍은 그 모든 것을 싣고 간다

망각의 춥고 추운 밤 저편으로

나는 그 모든 것을 잊을 수 없었다

네가 불러준 그 노랫소리

그건 우리 마음 그대로의 노래였고

너는 나를 사랑했고 나는 너를 사랑했고

우리 둘은 언제나 함께 살았다

하지만 인생은 남몰래 소리 없이
사랑하는 이들을 갈라놓는다
그리고 모래 위에 남긴 연인의 발자취를
물결이 지운다

자크 프레베르

신념의 힘

신념을 갖고 있는 한 명의 힘은
관심만 가지고 있는 아흔아홉 명의 힘과 같다.

존 스튜어트 밀

꽃촛불 켜는 밤

꽃촛불 켜는 밤 깊은 골방에 만나라
아직 젊어 모를 몸 그래도 그들은
'해 달 같이 밝은 맘, 저마다 있노라'
그러나 사랑은, 한두 번만 아니라 그들은 모르고

꽃촛블 켜는 밤, 어스레한 창 아래 만나라
아직 앞길 모르는 몸, 그래도 그들은
'솔대같이 굳은 맘, 저저마다 있노라'
그러나 세상은, 눈물 날 일 많아라 그들은 모르고

김소월

우리가 해야 할 일

역사에서 문제를 해결하기 위해
많은 이들이 행동을 취할 수 있었음에도 불구하고
아무것도 하지 않았다.
좀 더 알아야 할 필요가 있었는데도
아무런 관심도 보이지 않았다.
정의의 목소리가 절실히 필요할 때
침묵했던 사람들도 있었다.
그로써 악마가 승리를 거둘 수 있었다.

하일레 셀라시에

꿈에 다가가는 법

넘어질 때마다 무엇가를 줍는 사람은
자신의 꿈에 점차 다가간다.

오스카 와일드

마음 저 밑바닥에서

마음 저 밑바닥에서는 어떤 사건이 일어나기를 기다리고 있다. 마치 난파선의 선원처럼 고독한 생활 속에서 절망적인 눈을 굴리며 아득히 먼 수평선 뒤 짙은 안개 속에 흰 돛이 나타나기를 기다리고 있다.

그 우연이 무엇인가. 그 우연을 자기 쪽으로 불어주는 바람은 어떤 바람인가. 그 바람은 어떤 해안으로 자기를 데려다 줄 것인가.

귀스타브 끌로베르, 《보바리 부인》 중에서

살아있는 모든 것은 소중하다

살아있는 모든 것은 소중하다
무당벌레도 나비도
회색 날개를 가진 나방도
즐겁게 노래하는 귀뚜라미도
가볍게 뛰어오르는 메뚜기도
춤추는 모기도
통통한 딱정벌레도
살금살금 기어가는 저 이름 모를 벌레도

크리스티나 로세티

꾹 누르고 싶다

이 둥근 세상을 꾹 눌러서
새로운 모양으로 만들고 싶다
이 둥근 세상을 꾹 눌러서
시냇물과 물고기와 나무들이
많이 살게 하고 싶다
이 둥근 세상을 꾹 눌러서
공평하고 편견 없는 세상으로
만들고 싶다
이 둥근 세상을 꾹 눌러서
가난도 전쟁도 없는 세상으로
만들고 싶다
세상 모든 사람들이 행복해질 때까지
이 둥근 세상을 누르고 또 누르고 싶다

존 아가드

그림자 가까이에는

그림자를 두려워 말라.
그림자란 빛이 어딘가 가까운 곳에서 비치고 있음을 뜻한다.

루스 E. 렌컬

겨울밤

눈보라가 날려, 온 대지 위에 눈보라가 흩날려
사방 구석구석까지 세차게 불었다
책상 위에 촛불이 타고 있었다
촛불이 타고 있었다

여름날 날벌레들이
불꽃을 향해 날아들듯이
눈송이들이 안마당에서
창문 쪽으로 흩날렸다

눈보라는 유리창 위에
찻잔이며 화살의 모양을 그려놓았다
책상 위에 촛불이 타고 있었다
촛불이 타고 있었다

촛불 비친 천장에
뒤틀린 그림자가 어린다
얽힌 팔, 얽힌 다리는
교차한 운명의 그림자

두 개의 조그만 신짝
소리를 내며 마루 위로 떨어졌다
밀랍은 침실용 촛대에서
눈물처럼 옷에 흘러내렸다

그리고 모든 것이 눈의 농무 속에서
회색과 흰색으로 사라져갔다
책상 위에 촛불이 타고 있었다
촛불이 타고 있었다
한쪽 구석에서 바람이 촛불을 향해 불어댔다
유혹의 열기는
십자가 형상으로
천사처럼 양 날개를 들어올렸다

2월 내내 눈보라가 흩날렸다
그리고 쉴 새 없이
책상 위에 촛불이 타고 있었다
촛불이 타고 있었다

파스테르나크, 《닥터 지바고》의 〈유리 지바고의 시〉 중에서

가벼운 상처

진실도 때로는 우리를 다치게 할 때가 있다.
그러나 그것은 머지않아 치료받을 수 있는
가벼운 상처이다.

앙드레 지드

나를 지키는 방법

나는 자유롭고 완전하게 나를 표현하겠다.

나를 지키기 위해.

스스로 허용한 무기를 사용할 것이다.

침묵과 방랑, 그리고 지혜….

제임스 조이스, 《젊은 예술가의 초상》 중에서

승리는 어디에서 오는가

힘은 승리에서 오지 않는다.
당신의 몸부림만이 힘을 키운다.
당신이 온갖 고초를 겪으면서도 포기하지 않는 것,
그것이 곧 힘이다.

마하마트 간디

희망

내 비장의 무기는 아직 손안에 있다.
그것은 바로 희망이다.

나폴레옹

3장

우리의 용기를 밝히다

불새가 날았다

뼈아픈 사람들이 빼곡하다
모두 흰 뼈에 불을 붙여 들었다
촛불은 핏줄 되어 핏대를 세웠다
촛불이 방패다, 촛불은 단검이다
그 하나하나 모여
우리는 실핏줄이 아니다, 대동맥이다
나의 앞뒤가 모두 촛불이다
우리의 좌우가 모두 들불이다
촛불 위에 촛불을 쌓은
단지 촛불의 성이 아니다
칠흑의 궁 앞에 세운 민심의 하늘이다
보라, 삼천리 뒤덮은 붉은 날개를
세상이 가장 어두울 때
국민은 가장 아름다운 새가 된다

보라, 저 준엄한 붕새의 날갯짓을
국민은 상상의 동물이 아니다
이 하늘땅에 국민만이 불사조다

박지웅 시인

낮은 자의 경전
- 흰나비로 밥을 짓다

아픔에는 결이 있다

밀도의 층위마다 결이 생긴다

나는 416가지 층의 어느 곳엔가 있다

충만해서 끼어들 틈이 없는 결에 있다

움직이면 무너지는 꽉 찬 공간을

물은 간단하게 밀고 들어오지

물결을 이루어 이곳에서 저곳으로 자꾸 옮겨다니지

물 위에선 와르르 무너져도 무너지는 게 아니지

여전히 그 결은 흐르고 침범하지

숨이 막히지

언젠가 뒤도 돌아보지 않고 이별을 말했던 적이 있다

이승과 저승의 연결점이 입속에 가득 채운 쌀 한 되로

마감되는 꽉 찬 슬픔의 층위를 본 적이 있다

먹고사는 일 대신 쌀들이 축축하게 젖은 흰나비가 되어

하늘을 날아가는 걸 본 적이 있다

그 나비들을 꺼내 눈물로 밥을 지어 먹고 싶던 적이 있다

돌아보는 건 언제나 겹겹의 아픔을 동반하지

416의 416곱 번이라도 돌아볼 때마다 아프지

물로 가득찬 부피의 공간이 다시 간단히 물밀듯 허물어
지는 것처럼

신혜정 시인

행복이란

행복이란 우리 집 화롯가에서 성장한다.
그것은 남의 집 뜰에서 따와서는 안 된다.

더글라스 제럴드

푸르른 새날

여기 또 다른 나날
푸르른 새날이 터져 나오니
명심하라
그대의 그날을 또다시
쓸모없이 흘려보내려는가?
이 새 날은
영원으로부터 태어나
영원으로 돌아간다
시간 앞에서 그것을 보나
아무도 그것을 본 일이 없고
그것은 곧
모든 눈에 영원히 보이지 않게 되리라
여기 또 다른 나날
푸르른 새날이 터져 나오니

명심하라

그대의 그날을 또다시

쓸모없이 흘려보내려는가?

토머스 카알라일

모란이 피기까지는

모란이 피기까지는
나는 아직 나의 봄을 기다리고 있을 테요
모란이 뚝뚝 떨어져버린 날
나는 비로소 봄을 여읜 설움에 잠길 테요
오월 어느 날, 그 하루 무덥던 날
떨어져 누운 꽃잎마저 시들어 버리고는
천지에 모란은 자취도 없어지고
뻗쳐오르던 내 보람 서운케 무너졌으니
모란이 지고 말면 그뿐, 내 한 해는 다 가고 말아
삼백 예순 날 하냥 섭섭해 우옵내다
모란이 피기까지는 나는 아직 기다리고 있을 테요
찬란한 슬픔의 봄을

김영랑

반딧불

가자 가자 가자
숲으로 가자
달조각을 주우러
숲으로 가자

그믐밤 반딧불은
부서진 달조각

가자 가자 가자
숲으로 가자
달조각 주우러
숲으로 가자

윤동주

홀로

나는 혼자 내 슬픔을 다스리고
나는 혼자 버림받은 오월을 정복하고
고요한 시절의 들판에
나는 혼자 향기를 가득 내뿜고

칼에 찔린 상처는 아픔의 외침보다 깊지 않겠고
불의는 피보다 경건하지 못하다고 나는 말했다

나는 혼자 들판에 남아
홀로 폭풍을 맞으며 성으로 끌려가니
부르짖던 말을 홀로 간직하도다

오디세우스 엘리티스

할 수 있는 한

할 수 있는 한 최선을 다하라
당신이 할 수 있는 모든 수단과
당신이 할 수 있는 모든 방법으로
당신이 할 수 있는 모든 장소에서
당신이 할 수 있는 모든 시간에
당신이 할 수 있는 모든 사람들에게
당신이 할 수 있는 한 오래오래

존 웨슬리

우리의 땅

우리는 땅에서 왔고, 우리는 다시 땅으로 돌아갈 거야.
아무도 우리에게 땅을 빼앗지 못해.

펄벅, 《대지》 중에서

사랑에 대해

삶이 있는 세상과 죽음이 있는 세상
두 개의 세상을 연결하는 다리가 있다.
영원히 사라지지 않으며
영원한 의미를 간직한 이 다리는 바로
사랑이다.

손톤 와일더

목마와 숙녀

한 잔의 술을 마시고

우리는 버지니아 울프의 생애와

목마(木馬)를 타고 떠난 숙녀(淑女)의 옷자락을 이야기한다

목마(木馬)는 주인을 버리고 그저 방울 소리만 울리며

가을 속으로 떠났다 술병에서 별이 떨어진다

상심(傷心)한 별은 내 가슴에 가벼웁게 부숴진다

그러다 잠시 내가 알던 소녀(少女)는

정원의 초목 옆에서 자라고

문학이 죽고 인생이 죽고

사랑의 진리마저 애증(愛憎)의 그림자를 버릴 때

목마(木馬)를 탄 사랑의 사람은 보이지 않는다

세월은 가고 오는 것

한때는 고립을 피하여 시들어가고

이제 우리는 작별하여야 한다

술병이 바람에 쓰러지는 소리를 들으며

늙은 여류작가(女流作家)의 눈을 바라다보아야 한다

……등대(燈臺)에……

불이 보이지 않아도

그저 간직한 페시미즘의 미래를 위하여

우리는 처량한 목마(木馬) 소리를 기억하여야 한다

모든 것이 떠나든 죽든

그저 가슴에 남은 희미한 의식을 붙잡고

우리는 버지니아 울프의 서러운 이야기를 들어야 한다

두 개의 바위 틈을 지나 청춘(靑春)을 찾은 뱀과 같이

눈을 뜨고 한잔의 술을 마셔야 한다

인생(人生)은 외롭지도 않고

그저 잡지(雜誌)의 표지처럼 통속(通俗)하거늘

한탄할 그 무엇이 무서워서 우리는 떠나는 것일까

목마(木馬)는 하늘에 있고

방울 소리는 귓전에 철렁거리는데

가을 바람소리는

내 쓰러진 술병 속에서 목메어 우는데

박인환

하늘의 천

내게 금빛과 은빛으로 짠
하늘의 천이 있다면
어둠과 빛으로 수놓은
파랗고 검은 천이 있다면,
그 천을 그대 발 밑에 깔아드리리

나는 가난하여 가진 것이 꿈뿐이라
내 꿈을 그대 발 밑에 깔았네
사뿐히 밟으소서
그대가 밟는 것 내 꿈이오니

윌리엄 버틀러 예이츠

삶의 방법

살아가는 방법에는 단 두 가지 방법이 있다.
하나는 기적이 전혀 없다고 여기는 것이고
또 다른 하나는 모든 것이 기적이라고 생각하는 것이다.

아인슈타인

나의 확신

사람들은 모두들 자기 확신도 없이 사회적 관습에 따라 살고 있다. 그러나 나는 빈손인 것처럼 보이지만, 확신이 있다. 나는 옳았고, 지금도 옳고, 영원히 옳을 것이다.

알베르 카뮈, 《이방인》 중에서

삶을 항해하라

20년 후 당신은,

해온 일보다 하지 않은 일로 인해 더 실망할 것이다.

그러니 줄을 던져라.

안전한 항구를 떠나 항해하라.

당신의 돛에 바람을 가득 담아라.

탐험하라. 꿈꾸라. 발견하라.

마크 트웨인

아름다운 소망

우리들이 살고 있는 별에는
모든 이들을 배부르게 할 만큼
충분한 음식이 있음을

모든 사람들이
함께 어우러져 평화롭게 사는 것이
가능함을

우리들은
총 없이도 살아갈 수 있으며
모든 이들이
똑같이 소중함을

선한 기독교도와

선한 이슬람교도와
선한 유대교도와
선한 무신론자들이 있음을

그리고 내가 신뢰하는
모든 이들의 마음에 선함이 깃들어 있음을
나는 믿습니다

만일 믿지 않는다면
어떻게 시를 써 내려갈 수 있을까요

날마다
목이 말라 슬피 우는 아이들이 있음을
그리고 날마다
싸움을 벌이는 인종차별주의자들이 있음을
그럼에도 불구하고 날마다
어린아이들은 피부색과 상관없이
서로 어울려 뛰어놀고 있음을

나는 알고 있습니다

그래서 나는 이 세상에
아직도 희망이 있다고 믿습니다
그리고 부디 이와 같은
희망을 간직한 이들이 많기를 바랍니다
그것이 바로 내가 소망하는 것이며
동시에 내가 믿는 것입니다

나는 당신을 믿습니다
진심으로 말입니다

벤저민 스바냐

기다림과 희망

신이 인간에게 미래를 밝혀주실 그날까지
인간의 모든 지혜는
오직 다음 두 마디 속에 있다는 것을 잊지 마십시오.
기다려라! 그리고 희망을 가져라!

알렉상드르 뒤마

진실은 전진한다

제 역할은 말을 하는 겁니다.
저는 역사의 공범자가 되고 싶지 않아요.
진실은 앞으로 나아가고 있고,
아무것도 그 발걸음 멈추게 하지 못합니다.

에밀 졸라, 《로로르》 〈나는 고발한다〉 중에서

깊은 심연 속에서

내 마음 떨어진 캄캄한 심연 밑바닥에서
마음을 비나이다, 내 사랑하는 사람아
이건 납빛 지평선의 우울한 세계
거기서 어둠 속에 공포가 떠도네

열기 없는 태양이 여섯 달을 돌았고
또 여섯 달은 어둠이 땅을 덮으니
이건 극지보다도 더 헐벗은 고장
짐승도, 개천도, 푸르름도 숲도 없구나!

삭막한 태양의 차가움과
태고의 혼돈과도 같은 이 어둠보다
더 끔찍한 세상은 없으리라

멍청한 잠 속에 잠길 수 있는
더 없이 더러운 짐승 팔자가 부럽구나
그토록 시간의 실타래는 더디 풀리네!

샤를 보들레르

빛을 퍼뜨리는 방법

빛을 퍼뜨리는 데는 두 가지 방법이 있다.
자신이 촛불이 되거나,
촛불을 비추는 거울이 되거나.

이디스 워튼

촛불은 꺼지지 않는다

당신이 어둠 속에 있다면
내 촛불을 가져가 당신 초에 불을 밝혀라.
그러면 당신도 빛을 얻게 되고
내 촛불도 꺼지지 않을 것이다.

헬렌 켈러

4장

시대의 어둠을 밝히다

이상한 계절

돌아누울 곳이 없는 밤입니다

모닥불은 꺼지고
부풀어 오르는 구름들이
점점
먼 곳으로 흘러갑니다

찢어진 하늘에 매달린 맨발들을 따라가면
이 길 끝에는 비에 젖은
섬들의 무덤

사실은 그렇습니다

버려진 신발에 발을 넣어보는 일은
어제로 조금 다가가보는 일

나의 생에 당신의 먼 생을 포개보는 일

잃어버린 말과 잊지 못할 이름들 사이에 서있습니다
영영 가지 않는 어제와 오지 않을 내일 사이에서
아직 내게 남은 부위를 확인하는 밤입니다

점점
달은 차오르고
발목을 자르고 흘러가는 구름들

우리의 시간은 콕콕 소금을 찍듯 간결해졌습니다

사실은 그뿐입니다

떠난 적 없는 사람들이 내내 돌아오지 않는,
이상한 계절입니다

김선재 시인

금족령

수부들이 난파된 배에서 아편을 건져온다
방파제에 서서 우리는 무화과를 입에 문 죄인들
안으로만 싹트고 안으로만 글썽이는

해안선까지 갈 수 없으리
잉걸불 속 타다 남은 가시나무들
검은 바다으로 가라앉은 발자국들
친위대는 울며 떠났네
파도의 더러워진 린넨 천으로 눈을 가리고
지도를 적시며 저 너머로, 저 너머로

수평선 너머에서 들려오는 긴 타종 소리……
어두워지는 성벽을 떠올리면 가시덤불처럼 피어오르는
먼 등대의 불빛

차오르는 물속에서 보초들이 횃불을 높이 올릴 때

　오래 머금었던 입 속 열매를 쪼개 씨앗들을 곱씹으면

　물의 외곽. 물의 복종. 물의 망루

　다시는 저 환한 물가로 가지 못하리

　모두의 발이 희미해지고 놓쳐버린 발자국들만

　해안선 가득 일렁이는 왕국에서

이혜미 시인

희망은 한 마리 새

희망은 한 마리 새
영혼 위에 걸터앉아
가사 없는 곡조로 노래하며
멈출 줄을 모른다

거친 바람 속에서도
더욱 달콤한 소리
아무리 거대한 폭풍도
많은 이의 가슴 따뜻이 보듬는
그 작은 새의 노래 멈추지 못하리

나는 그 소리를
아주 추운 땅에서도
아주 낯선 바다에서도 들었다

허나 아무리 간절해도

그건 내게 빵 한 조각 청하지 않았다

에밀리 디킨슨

사람이 살아가는 이유

사람은 행복해지기 위해
살아가는 것이 아니다
자신의 운명을 이루기 위해
살아가는 것이다

로맹 롤랑

오늘

수많은 오류와 실수로
우리는 얼마나 많은 죄를 짓고 있는가

그러나 그 중에서도
가장 나쁜 범죄는
'우리의 아이들을 포기하거나
삶의 원천을 무시해 버리는 일'

우리에게 필요한 것들을
미루어 둘 수는 있어도
우리의 아이들은 그럴 수 없다

지금이 바로 그 시각
그들의 뼈가 형태를 가추고

그들의 피가 생성되고

그들의 감각이 왕성하게 피어나고 있는데

우리가 어찌

'내일'을 대답할 수 있겠는가

그들의 이름은 '오늘'

가브리엘라 미스트랄

우리는 지금 어디에 있는가

당신들 모두 길을 잃은 세대요.

어니스트 헤밍웨이, 《태양은 다시 떠오른다》 중에서

금 간 꽃병

이 마편초 꽃이 시든 꽃병에
부채가 닿아 금이 간 것
살짝 스쳤을 뿐이겠지
아무 소리도 나지는 않았으니

가벼운 상처는 하루하루 수정을 좀 먹어
보이지는 않으나 어김없는 발걸음으로
차근차근 그 둘레를 돌아갔다

맑은 물이 새어나오고
꽃들의 향기는 말라들었다
그럼에도 아무도 모르고 있다

손대지 말라 금이 갔으니

손도 때론 이런 것
남의 마음을 스쳐 상처를 준다
그러면 마음엔 절로 금이 가
사랑의 꽃은 죽음을 맞이한다

사람들의 눈에는 여전히 온전해 보이나
마음에 입은 작고 깊은 상처는
자라고 흐느낌을 느끼나니

금이 갔으니 손대지 말라

쉴리 프리돔

사랑의 방법

우리는 서는 법과 걷는 법을 배우고,
말하는 법과 읽는 법을 배우지만
사랑에 대해서는 아무도 가르쳐주지 않는다.
사랑은 우리의 생명과 더불어 이미 우리에게
속해 있는 것이기 때문이다.
태양빛이 없으면 꽃 한 송이 피지 못하듯
사랑이 없으면 인간은 살아갈 수 없다.

프리드리히 막스 뮐러, 《독일인의 사랑》 중에서

실패하라

또 실패했는가?
괜찮다. 다시 실행하라.
그리고 더 나은 실패를 하라.

사뮈엘 베케트

뚜렷한 불꽃이

불꽃이 내 안에 깃들어, 나는 차갑게 살펴본다
온통 불 밝혀진 맹렬한 생명을…

빛과 뒤섞인 생명의 고고한 몸짓은
오직 잠자면서만 사랑할 수 있을 뿐

나의 나날은 밤에 와서 나에게 눈길을 돌려주며,
불행한 잠의 첫 시간이 지난 뒤

불행마저 암흑 속에 흩어져 있을 때
다시 와서 나를 살리고 나에게 눈을 준다

나날의 기쁨이 터질지라도, 나를 깨우는 메아리는
내 몸의 기슭에 죽은 이만을 되던졌을 따름이니

나의 야릇한 웃음은 내 귀에 매어단다

빈 소라껍질에 바다의 중얼거림이 매달리듯
의혹을 지극히 불가사의의 물가에서

내가 있는지, 있었는지, 잠자는지 아니면 깨어있는지

폴 발레리

사랑의 중요성

사랑으로 만든 것은 결코 버릴 수 없다.

랭글

앞으로 나아가는 법

내일 우리는 두 팔을 더 넓게 벌리고 더 빨리 달릴 것이다.
그래서 우리는 계속 노를 저어간다.
물살을 거슬러 끊임없이 과거를 곱씹으면서.

F.스콧 피츠제럴드

세상의 모든 빛깔들

아이들은 세상에 존재하는 모든
자연의 빛깔 속에서 자라납니다

솟구쳐 오르는 독수리와
으르렁거리는 곰들의 진회색
늦은 여름 속삭이는 잔디의 금빛 물결
떨어진 나뭇잎의 바스락거리는 갈색
잔잔한 바닷가 작은 조개껍질들의 짤랑거리는 보랏빛
그 모든 빛깔들과 함께 자라납니다
아이들은 장난기 넘치는 어린 양들처럼
팔딱팔딱 뛰기도 하고
시냇물처럼 졸졸거리지만 부드럽기도 하며
낮잠에서 깨어난 졸린 고양이의 눌린 털 같은 머리처럼
힘없고 순진하기도 합니다

그 다양한 모습 속에서 아이들은

자연과 사랑의 모든 빛깔을 배우고 담아냅니다

사랑은 계피나무, 호두나무, 사과나무 속에서 옵니다

그래서 사랑은 황갈색이고, 아이보리색이고,

빨간색입니다

캐러멜처럼, 초콜릿처럼, 벌꿀처럼 달콤합니다

표범의 점박이 무늬처럼 어둡기도 하고

모래처럼 반짝이기도 하는 아이들은

하늘 높이 웃음을 붕붕 날립니다

우리들이 사는 땅에 입 맞추며

행복하고 자유로운 나비처럼

햇빛 속에서 아이들은

대지와 하늘과 바다의 모든 빛깔들 속에서 자랍니다

쉴라 페머니카

평화는 쉽게 오지 않는다

몇 년 뒤에 어떤 일이 일어날지 아무도 예측할 수 없다. 평화는 그렇게 쉽게 오지 않는다. 이 세상은 겸손해질 수 있는 곳이 아니다. 높으신 분들은 권력을 휘두르지 않고는 못 견디며, 대중은 점진적인 개선을 기대하면서도 적당한 상태로는 만족하지 못한다.

괴테, 《괴테와의 대화》 중에서

실패자들이 보지 못하는 것

많은 인생의 실패자들은
포기할 때
자신이 성공에서
얼마나 가까이 있었는지 모른다.

에디슨

날아보자

나는 걷던 걸음을 멈추고
그리고 어디 한 번 이렇게 외쳐보고 싶었다.
날개야 다시 돋아라.
날자. 날자. 한번만 더 날자꾸나.
한번만 더 날아보자꾸나.

이상, 《날개》 중에서

다시는 방황하지 않으리

이렇게 밤 깊어가도록

우리 다시는 방황하지 않으리

아직도 마음은 사랑에 불타고

아직도 달빛은 빛나고 있지만

칼날은 칼집을 닳게 하고

영혼은 가슴을 울게 하는 것이니

마음에도 숨 돌릴 시간이 있어야 하고

사랑에도 휴식이 있어야 하리

밤은 사랑을 위해 이루어진 것

그 밤 너무 빨리 지나간다 해도

우리 다시는 방황하지 않으리

달빛을 받으며

조지 고든 바이런

한 자루의 촛불

한 자루의 촛불로 수천 개의 촛불을 붙일 수 있다.
그래도 촛불의 수명이 짧아지지 않습니다.
행복은 공유되는 만큼 줄어들지 않습니다.

부처

당신은 울고 있었다

당신은 울고 있었다
눈에서 빛나는 눈물방울이
흘러 내렸다
마치 제비꽃이
이슬을 머금고 있는 것 같았다

당신은 웃고 있었다
보석이 당신 곁에선 빛을 잃었다
당신의 반짝이는 눈동자와 비할 것은
아무것도 없었다

저 먼 태양으로부터
깊고도 부드러운 노을이
구름 속으로 스며들 때

저녁 그림자는 드리우고

그 영롱한 빛을
하늘에서 씻어 낼 길 없듯이
당신의 미소는
우울한 내 마음에
맑고 깨끗한 기쁨을 주었다

그 태양 같은 빛은
타오르는 불꽃처럼
내 가슴속에서 찬란하게 빛난다

로드 바이런

내면의 빛

가끔은 우리 내면의 불꽃이 꺼져버립니다. 그리고 이 불꽃
이 다시 타오르는 때는 다른 누군가를 만났을 때입니다.
우리는 내면의 영혼을 재점화시키는 사람들 모두에게 감사
해야 합니다.
내 안에 빛이 있으면 스스로 빛나는 법입니다. 가장 중요한
것은 나의 내면에서 빛이 꺼지지 않도록 노력하는 일입니다.

알버트 슈바이처

희망

인생은 행복만으로는 지속될 수 없다.
어쩔 수 없이 고통과 노력이 필요하다.
고통을 두려워하지 말고 슬퍼하지 말라.
참고 인내하며 노력해가는 것이 인생이다.
희망은 언제나 고통의 언덕 너머에서 기다린다.

캐서린 맨스필드

5장

세상의 빛을 밝히다

촛불은 우는 것이다

1

심지가 타버리면 촛불은 죽는다

굴대가 구르면

바퀴가 구를 수 없는 것과 같다

불꽃은 제 심지가 견디는 만큼만 불꽃이다

촛불의 시간은 제 심지의 시간이고

심지의 길이는 촛대의 길이이다

어둠의 둥근 가장자리에까지

촛불의 온도가 가만히 스며든다

2

촛불은 꺼질 때 심지의 끝을 풀어헤쳐

푸르고 긴 연기를 피워올리는데

떠나간 불꽃에게 기별하는 것이다
다시 촛불을 켤 때
떠나간 불꽃의 마지막으로 하여금
뒤따라간 연기의 길을 타고
내려오도록 하는 것이다
다시 돌아선 불꽃의 마지막이
막 녹기 시작하는
초의 눈물을 빨아대는 것이다

남아있어야 하는 사람이
떠나가는 사람의 뒷모습을
아주 오랫동안 지켜보는 까닭을
이제 아시겠는가

3
촛불은 하늘을 우러러 낮아진다
초가 불꽃 아래로 제 몸 밖으로
자꾸 눈물을 흘리는 까닭은

천상을 바라보면 바라볼수록

제 몸이 낮아지기 때문이다

그러니까 촛불은 떨어지는 물방울

중력을 이기지 못하고 낙하하는 물방울이다

어둠 속에서 누군가 스스로 밝아져

한 칸씩 낮아지고 있다

서로 아득해지고 있다

이문재 시인, 《제국호텔》중에서

물고기가 달을 읽는 소리를 듣다

오늘 한낮에는 덩굴을 물끄러미 바라보았습니다. 입이 뾰족한 들쥐가 마른 덩굴 아래를 지나가는 것을 보았습니다. 갈잎들은 지는 일로 하루를 살았습니다. 오늘은 일기日記에 기록할 것이 없습니다. 만족합니다. 헐거워지는 일로 하루를 살았습니다. 행복합니다. 저녁답에는 식은 재를 손바닥 가득 들어올려 보았습니다.

가을도 아주 깊은 가을입니다. 가을의 가장 깊숙한 곳에 나의 마음과 손이 닿아있습니다. 밤에 촛불을 켜면서 경허 스님의 게송을 생각했습니다. 정청어독월(靜聽魚讀月). 사방이 고요해 물고기가 달을 읽는 소리조차 들을 만합니다. 찬 방에 앉으니 방에 가득 내가 들어찼습니다. 마치 항아리 하나에 물이 들어와 물만으로 항아리를 가득 채우듯이.

덜어내는 것은 참 어려운 일입니다. 그러나 마음에도 소식(小食)이 필요합니다. 덜어내는 것이 가장 번창하는 일입니다. 입에서 말을 덜어내면 허물이 적어집니다. 덜어내는 일이 보태는 일보다 어렵지만, 덜어내는 일이 나중을 위하는 일입니다.

늦가을은 이렇게 가장 많이 덜어낸 모습을 보여줍니다. 빈손을 보여줍니다. 한암스님도 "돌아보면 저에게 남은 것은 방 안에 걸어둔 붓 한 자루와 낡은 서책 몇 권, 그리고 내 몸을 근질근질하게 하는 쥐벼룩 몇 마루가 전부"라고 했으니, 그분은 얼마나 부러운 마음의 재산가입니까. 그나마 이 가을이 아니라면 우리는 어느 때에 마음을 다스리고, 마음의 소욕에 대해 생각해보겠습니까.

잔잎사귀들이 낙엽이 되어 뜰에 소복이 쌓이고 있습니다. 소엽(掃葉). 소엽은 낙엽을 쓸어내는 일입니다. 저 깊은 산막에서는 종일 낙엽을 쓸어내는 사람이 있을 것입니다. 낙엽을 쓸어내는 일도 큰 공부입니다. 부처님의 제자 가운데

가장 어리석고 둔하기로 유명했던 주리반특가도 마당을 비질하는 일로써 깨달음을 얻었습니다. 우리들 마음에서 생겨나는 혼동과 혼란을 쓸어내어야 합니다. 저 깊은 산막에서 종일 비질하는 일로 소일하는 그가 부럽습니다.

밤이 깊어 조용해지니 더욱 행복합니다. 밤이 깊어 흐르는 달을 보니 행복합니다. 달의 서책을 읽을 만합니다. 가을이라는 방에 빈 책상을 하나 놓아둘만합니다. 공부에도 큰 진전이 있을 것 같습니다.

문태준 시인, 《느림보 마음》 중에서

별을 쳐다보며

나무가 항시 하늘로 향하듯이
발은 땅을 딛고도 우리
별을 쳐다보며 걸어갑시다

친구보다
좀 더 높은 자리에 있어 본댓자
명예가 남보다 뛰어나 본댓자
또 미운 놈을 혼내 주어 본다는 일
그까짓 것이 다아 무엇입니까

술 한 잔만도 못한
대수롭잖은 일들입니다
발은 땅을 딛고도 우리
별을 쳐다보며 걸어갑시다

노천명

부디 잠들지 말라

새벽에 불어오는 산들바람은

당신에게 전할 비밀을 간직하고 있다.

그러니 부디 잠들지 말라.

당신이 진정으로 원하는 것은 스스로 구해야 한다.

그러니 부디 잠들지 말라.

사람들은 두 개의 세상이 만나는 문지방 위에서

끝없이 서성인다.

문은 둥글고 언제나 열려있다.

그러니 부디 잠들지 말라.

루미

자유여

국민학교 시절 노트 위에
나의 책상과 나무 위에

모래 위에 눈 위에
나는 너의 이름을 쓴다.

내가 읽은 모든 페이지 위에
모든 백지 위에

돌과 피와 종이와 재 위에
나는 너의 이름을 쓴다

황금빛 조상 위에
병사들의 총칼 위에

제왕들의 왕관 위에
나는 너의 이름을 쓴다

밀림과 사막 위에
새 둥지 위에 금작화 나무 위에

내 어린 시절 메아리 위에
나는 너의 이름을 쓴다

밤의 경이로움 위에
일상의 흰 빵 위에

결합된 계절 위에
나는 너의 이름을 쓴다

누더기가 된 하늘의 옷자락 위에
태양이 곰팡이 핀 연못 위에

달빛이 싱싱한 호수 위에
나는 너의 이름을 쓴다

들판 위에 지평선 위에
새들의 날개 위에

그리고 그늘진 방앗간 위에
나는 너의 이름을 쓴다

새벽의 입김 위에
바다 위에 배 위에

미친 듯한 산 위에
나는 너의 이름을 쓴다

구름의 거품 위에
폭풍의 땀방울 위에

굵고 무미한 빗방울 위에
나는 너의 이름을 쓴다

반짝이는 모든 것 위에
여러 빛깔의 종들 위에

구체적인 진실 위에
나는 너의 이름을 쓴다

깨어난 오솔길 위에
뻗어나간 큰 길 위에

넘치는 광장 위에
나는 너의 이름을 쓴다

불 켜진 램프 위에
불 꺼진 램프 위에

모여 있는 내 가족들 위에
나는 너의 이름을 쓴다

둘로 쪼갠 과일 위에
거울과 내 방 위에

빈 조개껍질 내 침대 위에
나는 너의 이름을 쓴다

게걸스럽고 귀여운 우리 집 강아지 위에
그 곤두선 양쪽 귀 위에

그 뒤뚱거리는 발걸음 위에
나는 너의 이름을 쓴다

내 문의 발판 위에
낯익은 물건 위에

축복받은 불의 흐름 위에
나는 너의 이름을 쓴다

화합한 모든 육체 위에
내 친구들의 이마 위에

건네는 모든 손길 위에
나는 너의 이름을 쓴다

놀라운 소식이 담긴 창가에
긴장된 입술 위에

침묵을 넘어선 곳에
나는 너의 이름을 쓴다

파괴된 내 안식처 위에
무너진 내 등댓불 위에

내 권태의 벽 위에
나는 너의 이름을 쓴다

욕망 없는 부재 위에
벌거벗은 고독 위에

죽음의 계단 위에
나는 너의 이름을 쓴다

되찾은 건강 위에
사라진 위험 위에

회상 없는 희망 위에
나는 너의 이름을 쓴다

그 한마디 말의 힘으로 나는
내 삶을 다시 시작한다

나는 태어났다 너를 알기 위해서
너의 이름을 부르기 위해서

자유여

폴 엘뤼아르

누구를 위하여 종은 울리나

그 누구도 스스로 온전한 섬이 아니다
모든 인간이란 대륙의 한 조각이며
전체의 부분이다

만일 흙 한 덩이가 바다에 씻겨 나가면,
유럽 대륙이 그만큼 작아질 것이고,
바다의 면적도 그럴 것이고,

당신의 친구나 당신 자신도
마찬가지일 것이다

그 누구의 죽음이라 할지라도 나를 감소시키니
나는 인류에 포함되어 있는 존재이기 때문이다

그러니 누군가를 보내 알려하지 마라
누구를 위하여 종은 울리냐고
종은 당신을 위해 울린다

존던

인생을 제대로 보는 법

인간의 머리는 식료품 가게 같은 거예요. 계속 계산하니까
요. 얼마를 지불했고, 얼마를 벌었으니까 이익은 얼마고 손
해는 얼마다! 머리는 상스러운 가게 주인이지요. 가진 걸
다 걸어볼 생각 없이 꼭 비상금을 남겨두거든요. 이러니 줄
을 자를 수 없지요.
아니, 아니야! 더 붙잡아 맬 뿐이지. 잘라야 인생을 제대로
보게 되는 걸!

카잔차키스, 《그리스인 조르바》 중에서

밝히는 빛

혼자서 발광하는 빛이 되기보다는

다른 이들도 밝히는 빛이 되는 것이 더 보람 있다.

마찬가지로 혼자 사색하기보다는

다른 이들과 생각을 나누는 것이 더 좋다.

토마스 아퀴나스

눈 오는 저녁 숲가에서

이 숲의 주인이 누구인지 알 것 같아
그의 집이 마을에 있긴 하지만,
그는 내가 여기 서서 그의 숲에
눈 쌓이는 걸 바라보는 게 보이지 않으리라

나의 말은 이상하게 생각하리라

숲과 얼음 언 호수 사이
근처에 농가도 없는 곳에 멎은 것을,
일 년 중 가장 어두운 밤에

말은 무슨 잘못이라도 있느냐고 묻는 듯이
마구에 붙은 방울을 흔든다
다르게 들려오는 소리라곤 오직

부드러운 눈송이 휩쓰는 거침없는 바람 소리 뿐

숲은 아름답고 어둡고 깊다
그러나 나는 약속한 일을 지켜야겠고,
자기 전에 몇 마일을 가야겠다

로버트 프로스트

타인을 이해하는 법

원한을 품거나 괴로운 마음을 꼬박꼬박 외워두기에는 인생
이 너무 짧아. 우리는 누구나, 너나 할 것 없이 약한 모습을
가지고 있어.

샬럿 브론테, 《제인 에어》 중에서

반드시 행복은 온다

슬픔은 누구에게나 찾아옵니다. 그 슬픔에서 벗어날 수 있는 방법은 시간 밖에 없습니다. 사람들은 시간이 지나면 괜찮아 질 것이라는 사실은 당장에 깨닫지 못합니다. 그러나 이것은 실수이고 착각입니다. 우리는 반드시 다시 행복해 질 것입니다.

에이브러햄 링컨

민중의 소리

민중의 소리는 하늘의 소리라고

젊었을 때 느꼈던 순수한 그 믿음

지금도 마찬가지

내 생각이 어떻든

복잡한 시대의 흐름은

지금도 그 소리 듣고 있다

그 사나운 소리에

내 마음 힘찬 고동 느끼기 위해

비록 내 궤도가 아닐지라도

그것은 바다로 나가는 궤도이기를

F. 횔더린

누구나 성냥갑 하나씩을 가지고 태어난다

우리 모두 성냥갑 하나씩 몸 안에 가지고 태어납니다. 하지만 아무도 혼자서는 그 성냥에 불을 붙일 수 없습니다. 산소와 촛불의 도움이 필요한 거죠. 사람들은 자신의 불꽃을 일으킬 수 있는 것이 무엇인지 찾아야 합니다.

라우라 에스키벨, 《달콤 삽싸름한 초콜릿》 중에서

신이 내게 소원을 묻는다면

신이 내게 소원을 묻는다면

나는 부나 권력을 달라고 빌지 않겠다

대신 식지 않는 뜨거운 열정과

희망을 바라볼 수 있는

영원히 늙지 않는 아름다운 눈을 달라고 하겠다

부나 권력으로 인한 기쁨은

시간이 지나가면 시들지만

세상을 바라보는 눈과

희망은 시드는 법이 없으니까!

키에르 케고르

한 개의 별을 노래하자
한 개의 별을 노래하자 꼭 한 개의 별을

십이성좌(十二星座) 그 숱한 별을 어찌나 노래하겠니

꼭 한 개의 별! 아침 날 때 보고 저녁 들 때도 보는 별
우리들과 아-주 친(親)하고 그 중 빛나는 별을 노래하자
아름다운 미래(未來)를 꾸며 볼 동방(東方)의 큰 별을 가지자

한 개의 별을 가지는 건 한 개의 지구(地球)를 갖는 것
아롱진 설움밖에 잃을 것도 없는 낡은 이 땅에서
한 개의 새로운 지구(地球)를 차지할 오는 날의 기쁜 노래를
목안에 핏대를 올려가며 마음껏 불러 보자

처녀의 눈동자를 느끼며 돌아가는 군수야업(軍需夜業)의
젊은 동무들

푸른 샘을 그리는 고달픈 사막(沙漠)의 행상대(行商隊)도
마음을 축여라

화전(火田)에 돌을 줍는 백성(百姓)들도 옥야천리(沃野里)
를 차지하자

다 같이 제멋에 알맞는 풍양(豊穰)한 지구(地球)의 주재
자(主宰者)로

임자 없는 한 개의 별을 가질 노래를 부르자

한 개의 별 한 개의 지구(地球) 단단히 다져진 그 땅 위에

모든 생산(生産)의 씨를 우리의 손으로 휘뿌려 보자

앵속(罌粟)처럼 찬란한 열매를 거두는 찬연(餐宴)엔

예의에 끄림없는 반취(半醉)의 노래라도 불러 보자

염리한 사람들을 다스리는 신(神)이란 항상 거룩하니

새 별을 찾아가는 이민들의 그 틈엔 안 끼여 갈 테니

새로운 지구(地球)엔 단죄(罪) 없는 노래를 진주(眞珠)처럼 흩이자

한 개의 별을 노래하자 다만 한 개의 별일망정

한 개 또 한 개의 십이성좌(十二星座) 모든 별을 노래하자

이육사

지혜

나는 불완전한 것들에 대항하느라

날개를 꺾어 버리는 일을 그만두었네

좀처럼 열리지 않는 문 뒤에서 타협하는 법을 배웠네

내 시야와 성숙한 침묵과 냉철한 지혜로

삶을 바라보게 되었네

삶은 나에게 진실을 가르쳐주었네

그리고 삶이 젊음을 가져가기에 진실을 배웠다네

세라 티즈데일

어른으로 가는 길

다른 사람들과 더불어 살면서
내가 살아있음을 확인하고
그들과 함께 유대감을 형성하는 것은
우리가 청춘을 지나 어른을 향해 가고 있다는 신호이다.

버지니아 울프

구원의 길

저녁의 길들은
밤이 되면 하나가 된다
그 하나의 길로 나는 너에게 간다

몸을 숨겨 끝끝내 나타나지 않는
사랑하는 너에게
산의 불빛처럼
바다의 미풍처럼
그 하나의 길로 나는 네게로 가야만 한다

처음에 그녀는 순결한 몸으로 왔다
결백의 의상을 입고
나는 소년처럼 그녀를 사랑했다
그러나 옷을 갈아입기 시작했고
무슨 의상인지 나는 모르지만

나도 모르게 그녀를 미워하고 있었다

마침내 그녀는 여왕이 되었다
보석으로 찬란함을 떨치며
나는 쓴 분노를 느꼈다

그러나 그녀는 옷을 벗기 시작 했고
나는 미소를 흘려보냈다
예전의 그 결백한 옷을 걸쳤을 때
나는 다시 그녀를 믿었다
가운도 벗어 버렸고
완전한 나신(裸身)으로 나타났다.

오, 나의 생명의, 나시(裸詩)의 정(精)이여!
그대 영원히 나의 것이다
나는 돌로 다시 태어나리
여인이여, 아직 나의 사랑은 식지 않았노라

나는 바람으로 다시 태어나리

여인이여, 아직 나의 사랑은 식지 않았노라

나는 파도로 다시 태어나리

여인이여, 아직 나의 사랑은 식지 않았노라

나는 불로 다시 태어나리

여인이여, 아직 나의 사랑은 식지 않았노라

나는 인간으로 다시 태어나리

여인이여, 아직 나의 사랑은 식지 않았노라

후안 라몬 히메네스

최고의 행복

인생에서 최고의 행복은
사랑받고 있다는 확신을 갖고 있을 때이다.

빅토르 위고

빛나는 별이여

빛나는 별이여, 내가 너처럼 변하지 않는다면 좋으련만

밤하늘 높은 곳에서 외로운 광채를 발하며,

마치 참을성 있게 잠들지 않는 자연의 수도자처럼,

영원히 눈을 감지 않은 채,

출렁이는 바닷물이 종교의식처럼

사람이 사는 육지의 해안을 정결하게 하는 것을

지켜보거나,

혹은 산지와 황야에 새롭게 눈이 내려

부드럽게 덮인 것을 응시하는

별처럼 되고 싶은 것이 아니라

그런 게 아니라 그러나 여전히 한결같이, 변함없이,

아름다운 내 연인의 풍만한 가슴에 기대어,

가슴이 부드럽게 오르내리는 것을 영원히 느끼면서,

그 달콤한 동요 속에서 영원히 잠 깨어,

평화롭게 고요히 그녀의 부드러운 숨소리를 들으면서,

그렇게 영원히 살았으면 아니면 차라리 정신을 잃고 죽기를

존 키츠

희망은 있다

삶이 있는 한 희망은 있다.

키케로

한국인에게 바치는 편지

일찍이 아시아의 황금시기에
빛나던 등불의 하나인 코리아
그 등불 다시 한 번 켜지는 날에
너는 동방의 밝은 빛이 되리라

마음엔 두려움이 없고
머리는 높이 쳐들린 곳
지식은 자유롭고
좁다란 담벽으로 세계가 조각조각 갈라지지 않는 곳
진실 깊은 곳에서 말씀이 솟아나는 곳
끊임없는 노력이 완성을 향해 팔을 벌리는 곳
지성의 맑은 흐름이
굳어진 습관의 모래벌판에 길 잃지 않는 곳
무한히 펴져나가는 생각과 행동으로

우리들의 마음이 인도되는 곳

그러한 자유의 천국으로
내 마음의 조국 코리아여 깨어나소서

라빈드라나드 타고르

촛불의 노래를 들어라

copyright ⓒ 2016 마음의숲

지은이 이해인 · 이문재 · 함성호 외

1판 1쇄 인쇄 2016년 12월 5일
1판 1쇄 발행 2016년 12월 12일

발행인 신혜경
발행처 마음의숲

대표 권대웅
기획 권대웅
편집 송희영, 김보람
디자인 고광표
마케팅 노근수, 황환정

출판등록 2006년 8월 1일(105 - 91 - 03955)
주소 서울시 마포구 동교로 144 - 13(서교동 463 - 32, 2층)
전화 (02) 322 - 3164~5 | **팩스** (02) 322 - 3166
페이스북 facebook.com/maumsup
ISBN 979 - 11 - 87119 - 86 - 9 (03810)

마음의숲에서 단행본 원고를 기다립니다.
따뜻하고 생동감 넘치는 여러분의 글을 maumsup@naver.com으로 보내주세요.

이 도서의 국립중앙도서관 출판시도서목록(CIP)은 e-CIP홈페이지(http://www.nl.go.kr/ecip)와
국가자료공동목록시스템(http://www.nl.go.kr/kolisnet)에서 이용하실 수 있습니다.
(CIP제어번호: CIP2016029666)